JULES MARSAN

LE

CONSERVATEUR LITTÉRAIRE

1819-1821

PARIS
SOCIÉTÉ DES TEXTES FRANÇAIS MODERNES
LIBRAIRIE HACHETTE ET Cie
79, BOULEVARD SAINT-GERMAIN, 79

1918

INTRODUCTION[1]

Le *Conservateur littéraire* des frères Hugo donna sa première livraison au commencement de décembre 1819. Le *Conservateur* politique attendit jusqu'au 3 mars pour annoncer la publication. F. Agier se chargea des souhaits de bienvenue ; le grand journal accordait — d'un peu haut — son patronage à la revue naissante : « ... Il y a dans cette honorable entreprise quelque chose de plus intéressant, de plus touchant encore, c'est son motif... L'éducation de ces intéressants jeunes gens a été dirigée par une mère distinguée qui a pensé de bonne heure que

1. Bibliographie générale : *Recueils* des Jeux Floraux. — *Annales romantiques*. — V. Hugo, *Odes et poésies diverses*, édit. de 1822, édit. de 1829, édit. G. Simon (Impr. nationale); *Lettres à la fiancée*; *Littérature et philosophie mêlées*, exemplaire de Juliette Drouet avec des notes manuscrites de V. Hugo (Collection L. Barthou); *Victor Hugo raconté...* — Sainte-Beuve, *Portraits contemporains*. — L. Véron, *Mémoires d'un bourgeois de Paris*. — Labouïsse-Rochefort, *Souvenirs*; Papiers manuscrits (biblioth. de Saint-Girons). — Quérard, *La France littéraire*. — Catalogue Noilly. — Ch.-M. Desgranges, *La presse littéraire sous la Restauration*. — E. Biré, *V. Hugo avant 1830*. — L. Séché, *Le cénacle de la Muse française*; *Annales romantiques*. — E. Dupuy, *La jeunesse des romantiques*; *A. de Vigny, ses amitiés...* — M. Souriau, *La préface de Cromwell*. — P. Lafond, *L'aube romantique*. — P. Dufay, *V. Hugo à vingt ans*. — L. Belton, *V. Hugo et son père*. — G. Simon, *L'enfance de V. Hugo*. — Abbé Dubois, *V. Hugo, ses idées religieuses*; *Biobibliographie de V. Hugo*. — J. Dedieu, *A. Soumet*.

de bons principes et des talents formaient la seule fortune qui pût être à l'abri des révolutions, la seule arme avec laquelle on pût ne pas se défendre de l'envie, de la calomnie, mais la braver. Maintenant, fils reconnaissants, ils essaient d'acquitter une dette aussi sacrée que douce. Ils doivent à leur mère une seconde vie : ils veulent soutenir, embellir la sienne ; et, pour y parvenir, ils unissent la fraternité du talent à la fraternité du sang. Heureux jeunes gens d'avoir une mère qui ait senti le prix de l'éducation ! Heureuse mère de voir ainsi couronner ses soins ! Outre l'utilité et la bonne rédaction du *Conservateur littéraire*, c'est donc la piété filiale et maternelle qui le recommande à tous les amis des lettres et du bien. »

Agier se plaît à ce petit tableau attendrissant. Peut-être son enthousiasme serait-il moins vif, s'il connaissait les idées véritables de Sophie Trébuchet et ses principes sur l'éducation...

La mère de Hugo — « ma mère vendéenne ! » — ne ressemble pas à la mère de Lamartine, ou à celle de Vigny ; on l'a fait remarquer souvent, pour le lui reprocher. Elle ne réalise en aucune façon le type conventionnel de la *Mère de poète* ; mais son action personnelle n'en est pas moins profonde. Élevée à l'école du dix-huitième siècle, c'est une femme à l'esprit net, à la volonté ferme ; sa passion pour les romans ne l'a pas rendue romanesque. Sainte-Beuve en a tracé un portrait singulièrement vivant : « Mme Hugo, femme supérieure, d'un caractère viril et *royal*, comme dirait Platon, s'était décidée à ne pas voir le monde et à vivre retirée dans une maison située au fond du cul-de-sac des Feuillantines, faubourg Saint-Jacques, pour mieux vaquer à l'éducation de ses fils. Une tendresse austère et réservée, une discipline régulière, impérieuse, peu de familiarité, nul mysticisme, des entretiens suivis, instructifs et plus sérieux que l'enfance, tels étaient les grands traits de cet amour maternel si profond, si dévoué, si vigilant [1]... » Dans

1. *Portraits contemporains*. T. I. p. 391.

cette éducation, un grand souci de l'ordre, mais point de contrainte. Elle ne fait aucun effort pour conduire ses enfants vers la carrière des armes. La poésie ne l'effraye pas; elle partage leurs goûts, encourage avec orgueil leurs premiers essais littéraires. Suivre le libre développement de ces jeunes esprits, à l'abri des exigences paternelles, c'est pour elle une consolation, et c'est aussi une manière de revanche à ses déceptions de femme.

D'ailleurs, le général semble se soucier assez peu d'exercer ses droits. A son passage à Paris, après la reddition de Thionville, il a exigé qu'Eugène et Victor entrent à la pension Cordier pour se préparer à l'École polytechnique; mais il s'en tient à cet acte d'autorité. Des soucis d'un autre ordre l'attendent à Blois, où il doit vivre désormais avec ses maigres ressources de demi-solde. C'est le temps où commence sa liaison avec Mme d'Almeg, et il est occupé d'elle plus que de sa femme et de ses enfants. Enfin, le 3 février 1818, une séparation de corps, obtenue sur la demande de Mme Hugo, lui rendra sa liberté complète[1].

Quels ont été, durant ces trois ans, les rapports du général avec sa famille, c'est ce que nous ne savons pas exactement. Le *Victor Hugo raconté*... s'en tient à des formules assez vagues. Voici quelques lettres cependant qui nous éclairent sur sa façon de comprendre le devoir paternel. La première est datée du 24 octobre 1816; elle est de la main d'Eugène et porte la signature des deux frères, ornée de paraphes savamment compliqués :

> Mon cher papa,
>
> Nous ne voulons pas t'importuner et, sans doute, nous n'en avons pas besoin : mais notre oncle nous a conseillé de t'écrire une seconde fois et de te réitérer nos demandes. Si elles sont pressantes, nos besoins le sont davantage. Nous allons quatre fois par jour au

---

1. Voy. E. Dupuy, *La jeunesse des romantiques*. — Pierre Dufay, *Victor Hugo à vingt ans* (*Annales romantiques*, 1907).

collège, par la pluie et par la neige ; tu sens qu'il faut bien laisser à nos habits, à nos souliers le temps de sécher : comment le faire, si nous n'avons pas de quoi changer ?

M. de Cotte nous a acheté tous les livres nécessaires pour les cours de mathématiques, à l'exception de la statique qui eût coûté trop cher. Nous ne savons pas encore quels seront les livres pour la philosophie : une indisposition du professeur a fait remettre l'ouverture du cours à la Toussaint.

Adieu, mon cher papa, nous espérons que tu te porteras toujours bien et que tu n'oublieras pas

E. Hugo. — Victor.

24 octobre 1816[1].

Cette lettre était assez pressante. Sur l'original, le père a écrit, de son écriture énergique : « Répondu le 30 octobre 1816. » La réponse ne dut pas être ce qu'attendaient les enfants, à en juger par une réplique du 12 novembre, passée en vente publique il y a quelques années :

> ... Quant à la fin de ta lettre, nous ne pouvons te cacher qu'il nous est extrêmement pénible de voir traiter notre mère de malheureuse, et cela dans une lettre ouverte qui ne nous a été remise qu'après avoir été lue. Nous avons vu ta correspondance avec maman. Qu'aurais-tu fait dans ces temps où tu la connaissais, où tu te plaisais à trouver le bonheur près d'elle, qu'aurais-tu fait à la personne assez osée pour tenir un pareil langage? Elle est toujours, elle a toujours été la même, et nous penserons toujours d'elle comme tu en pensais alors[2]...

Pourtant, ce n'est pas encore la rupture. Le 19 juin 1817, Abel remercie son père d'un envoi d'argent et de livres. Plus âgé que ses frères de deux ans, c'est à lui que revient

---

1. Lettre inédite.
2. Celle-ci est de la main d'Eugène et signée de lui seul. (Vente du 30 nov. 1912.)

l'emploi de chef de famille et il s'en acquitte avec un soin touchant :

Mon cher papa.

J'ai bien reçu ta lettre du 10 courant, et les 100 francs qu'elle m'annonçait pour le mois de mai me sont bien parvenus, ainsi que les 20 francs de supplément pour le mois de janvier. J'ai remis le tout à maman.

Mes frères doivent te répondre et te remercier des divers objets que tu leur as envoyés. Le traité de perspective ne pourra leur servir parce que les planches manquent. Voici bientôt deux ou trois mois qu'ils n'ont pas reçu l'argent que tu leur avais promis pour leurs petites dépenses mensuelles, et cependant il est impossible qu'ils n'aient pas besoin de quelques sous, ne fût-ce que pour payer leurs chaises à la messe, quelques livres de haute littérature qui leur sont nécessaires, etc. Je leur ai fait la petite avance dont ils ont eu besoin et qu'ils me doivent rembourser sur le premier argent qu'ils recevront. Si l'envoi de ces sommes partielles chaque mois te gênait quelque peu à cause de leur exiguïté, je te prierais de les joindre à l'argent que tu m'envoies tous les mois pour maman. Nous sommes maintenant dans la saison des bains en rivière, il serait bon que Victor en profitât pour apprendre à nager. Eugène pourrait bien lui donner des leçons, mais comment le faire si on ne les laisse pas sortir pour aller se baigner et s'ils n'ont pas d'argent pour payer les bains? Je te demanderais la permission de les aller chercher quelquefois le matin à 5 ou 6 heures pour les mener avec moi à l'école de natation. Tu me feras un grand plaisir en accédant à ma prière et en écrivant à M. Cordier pour le prévenir de ta détermination.

Le temps est magnifique et promet une abondante récolte... Paris n'a pas cessé d'être un moment tranquille. Tu ne me dis plus où en est ton ouvrage? Est-ce que tu l'aurais laissé de côté pour quelque temps? Il faut cependant te dépêcher et profiter du moment où les Chambres ne sont pas rassemblées. Autrement, il est bien difficile d'attirer sur soi l'attention publique.

M. Badia et sa famille, Théophile, notre respectable

gouverneur des Pages M. Rancaño, me chargent de leurs compliments pour toi. Théophile se recommande surtout à ton bon souvenir. Il est employé à la Caisse d'amortissement, et au besoin ses services te sont tout dévoués.

Je t'embrasse de tout mon cœur et te prie de croire à l'inaltérable attachement de ton fils respectueux et dévoué.

ABEL.

Si tu m'accordes la permission que je te demande, n'attends pas, je te prie, le mois prochain pour me répondre [1].

Après le jugement de séparation, il semble bien que tous rapports directs soient interrompus entre le général Hugo et ses fils. Tout au plus daigne-t-il s'informer de leur travail. Dans une lettre du 28 avril 1820 au doyen de la Faculté de droit de Paris, il exprime la crainte « qu'une entreprise littéraire dont il a entendu parler [le *Conservateur littéraire*] ne fasse tort à leurs études et à leur bourse [2] »... Mais sa sollicitude ne va pas plus loin. Il néglige même de leur faire connaître son second mariage, contracté le 6 septembre 1821, deux mois après la mort de sa première femme. C'est seulement en mars 1822 qu'ils en sont instruits, quand Victor, sur les instances de sa fiancée, se décide à communiquer à son père ses projets personnels. A cette date, d'ailleurs, la nouvelle ne surprend pas le jeune poète autant qu'on pourrait le croire. La même lettre lui a apporté le consentement qu'il sollicitait, et c'est l'essentiel. « C'est le bonheur qui vient, il n'y a qu'un nuage [3]... » *Un nuage*, ce n'est pas beaucoup dire. Mais il est tout à son amour et à ses rêves.

Le coup fut plus rude pour Eugène. Son cerveau de

1. Inédit. De la main du général : « R. le 11 juillet. »
2. Catalogue Noilly, n° 84.
3. *Lettres à la fiancée*, p. 230.

malade lui dicta même une démarche assez singulière. on dirait presque un acte de folie... Pendant un mois, il est hanté du souvenir de sa mère ; puis, un jour, au début d'avril, sans prévenir personne, sans argent ni papiers, il se met en route, à pied. Il veut aller à Blois, se rendre compte, voir par lui-même. Le 12, il écrit de Chartres, où son voyage a été interrompu brusquement, — et l'écriture de la lettre est étrange, irrégulière, heurtée, sans rapports avec son écriture d'autrefois :

> Mon cher papa,
>
> Tu sais que j'étais resté longtemps sans répondre à la lettre que tu avais écrite à Victor.
>
> Cette lettre exigeait de longues méditations. Enfin, je t'avouerai qu'avant de te répondre, j'avais voulu m'assurer par moi-même si ce que tu nous disais était irrévocablement achevé.
>
> J'étais parti pour Blois afin de savoir si tu étais réellement marié.
>
> Malheureusement, n'ayant pas de papiers, j'ai été arrêté en route, à 21 lieues de Paris.
>
> Je te prie d'écrire à M. le Procureur du Roi à Chartres pour déclarer que je suis ton fils et me réclamer.
>
> Le billet que nous avons payé à M. Blot était de 389 fr. 10 et non pas de 362 francs, comme tu nous l'avais marqué.
>
> Si tu peux m'envoyer ce que nous avons payé en surplus à Chartres, tu me feras réellement plaisir.
>
> Adieu, mon cher papa, porte-toi bien, permets-moi de t'embrasser et de me dire, avec une affection véritable,
>
> ton fils soumis et respectueux.
>
> Eugène Hugo[1].

Ces dissentiments avaient de bonne heure créé aux trois frères des devoirs impérieux. C'est surtout au début

---

1. Inédite. — « N'oublie pas qu'Eugène était un peu fou quand il t'a écrit », dira Victor le 18 septembre 1822. (Lettre publiée par M. P. Dufay.)

de 1818, à la veille du procès en séparation, qu'ils en eurent conscience. Leur mère avait besoin de leur secours. Déjà le talent de Victor avait fait ses preuves; mais il ne suffisait plus de s'amuser à quelques traductions, ou de copier sur des cahiers jalousement conservés de nobles alexandrins. Pour s'imposer, un journal aurait un autre pouvoir...

Le 25 janvier, Abel, Eugène et Victor signèrent avec J.-J. Ader et L.-A. Marteau un acte d'association. Il s'agissait de publier, sous le titre de *Lettres bretonnes*, un recueil hebdomadaire « sur les événements politiques et littéraires dignes de fixer l'attention du public ». Voici, d'après M. G. Simon, la distribution de la matière, semblable à peu près à ce qu'elle sera dans *le Conservateur* : « Politique spéciale, sciences, questions politiques. — Littérature. — Mœurs. — Spectacles et nouvelles théâtrales. — Variétés, chronique et nouvelles du jour. — Poésie[1]. »

Les difficultés commencèrent quand il fallut trouver un éditeur. Plus âgé de quatre ans, Abel avait une certaine expérience en la matière. En janvier 1817, il avait publié avec Ader et Malitourne cet amusant *Traité du mélodrame* qui est déjà comme une parodie de la future doctrine romantique; il croyait pouvoir compter sur son ancien imprimeur. Mais celui-ci, sans doute, se déroba et les *Lettres bretonnes* ne furent jamais offertes à l'admiration des foules.

Le petit groupe cependant ne voulut pas se dissoudre. Eugène et Victor ayant quitté le collège en août, on organisa une série de réunions périodiques. Ce fut le *Banquet littéraire*... Médiocres banquets, à vrai dire, — 2 francs par tête, au restaurant Edon, rue de l'Ancienne-Comédie. Mais des lectures accompagnaient les repas et c'était, au sens propre du mot, une manière de *Cénacle*. Le Dr Véron se souvient avoir assisté à l'une de ces fêtes[2].

1. Edition des *Odes* (notes de l'éditeur, p. 528).
2. *Mémoires d'un bourgeois de Paris*, I, p. 239.

Le *Banquet littéraire* semble avoir vécu jusqu'aux premiers jours de 1819. — 1819, l'année, pour Victor, des débuts triomphants! En mai, il obtient ses premiers succès aux Jeux Floraux, soulignés en juillet par l'article du *Lycée français*. En septembre, l'ode *les Destins de la Vendée* soulève les colères du *Courrier* et de la *Renommée*[1]. Mais le poète n'est pas ému de quelques railleries; il réplique en octobre par la satire *le Télégraphe*. « Voici un jeune homme, écrit la *Quotidienne*, qui ne se laisse pas effrayer par le discrédit où est tombée la poésie. Il entre dans la carrière en brave chevalier et armé de toutes pièces... M. Hugo annonce de grandes dispositions et un véritable talent pour la poésie; nous l'engageons à poursuivre; les bons vers et les nobles sentiments, quoi qu'en puissent dire MM. les libéraux, seront toujours bien reçus en France[2]... » Déjà Victor Hugo a pris position comme poète, il a choisi son parti, il a soulevé des polémiques. Le *Conservateur littéraire*, en décembre, ne peut passer inaperçu.

Et c'est l'année encore des belles espérances d'amour. On connaît les débuts de l'idylle et comment Adèle et Victor se sont trouvés engagés l'un à l'autre. Le 26 avril, les paroles décisives ont été prononcées, — avec quelle émotion presque religieuse! « Je ne vis au bonheur et au malheur que depuis ce moment-là », dira-t-il deux ans plus tard[3]. Durant les soirées silencieuses de l'hôtel Toulouse, le jeune poète s'abandonne à ses rêves d'avenir. Il a désormais une raison nouvelle — plus puissante — de conquérir la gloire. Des difficultés sont à surmonter, mais son courage ne s'effraie pas. Sa jeune revue lui

1. « Tant que M. Hugo chantera sur ce ton, il ne fera la réputation de personne, pas même la sienne. La trompette de M. Hugo n'est pas celle du jugement dernier; nous la croyons propre à endormir les vivants, mais non pas à réveiller les morts... » (*La Renommée*, 3 octobre 1819.)

2. *La Quotidienne*, 30 octobre 1819.

3. *Lettres à la fiancée*, p. 57 (26 avril 1821).

sera précieuse encore pour en imposer à l'humeur un peu revêche de M. Foucher, pour flatter à l'occasion ses manies d'écrivain, surtout pour correspondre sans danger avec celle qu'il aime :

Bientôt... lis sans retard, lis, ô vierge adorée,
Ce que trace ma main par mes pleurs égarée...

Dans les plaintes de Raymond d'Ascoli, la jeune fille entendra des aveux qu'elle seule pourra comprendre[1].

***

Le 4 décembre, le *Journal de la Librairie* fait connaître les conditions de la publication : tous les trois mois, un volume de 400 pages, paraissant par livraisons ; le prix est fixé à 10 francs par volume, à 1 fr. 50 par livraison[2]. Les numéros se succèdent assez régulièrement. En voici la liste, toujours d'après le *Journal de la Librairie* :

TOME I

1re livraison	annoncée le	11 décembre 1819.
2e	—	25 »
3e	—	15 janvier 1820.
4e	—	29 »
5e	—	5 février.
6e	—	12 »
7e	—	4 mars.
8e	—	25 »
9e	—	1er avril.
10e	—	15 »

TOME II

11e	—	6 mai.
12e	—	20 »

1. *Le jeune banni* (*Raymond à Emma*), t. II, 16e livr.

2. Sur la couverture du tome III, l'indication du prix de la livraison a été supprimée.

13e livraison annoncée le		3 juin.
14e	—	10 »
15e	—	17 »
16e	—	1er juillet.
17e	—	22 »
18e	—	5 août.
19e	—	19 »
20e	—	2 septembre.

Tome III

21e	—	9 »
22e	—	7 octobre.
23e	—	21 »
24e	—	4 novembre.
25e	—	18 »
26e	—	9 décembre.
27e	—	6 janvier 1821.
28e	—	20 »
29e	—	17 février.
30e	—	31 mars.

En épigraphe les vers d'Horace :

... Fungar vice cotis, acutum
Reddere quæ ferrum valet, exsors ipsa secandi.

Tout d'abord, les tendances littéraires de la revue n'apparurent pas très nettement. Le 8 novembre, un mois avant sa naissance, le *Journal des Débats* lui prêtait déjà, sur la foi de son titre, les intentions les plus orthodoxes : « Voici un nouveau recueil qui va paraitre... Les auteurs, négligeant leur gloire personnelle, n'ont en vue que l'intérêt général de la littérature. C'est une sainte alliance formée par quelques jeunes gens contre cet esprit novateur qui envahit le Parnasse pour le bouleverser. » Le 20 décembre, il revient sur le même sujet, avec une égale bienveillance, mais sans préciser davantage : « Il est pourtant encore quelques-uns de ces amants intrépides des lettres que l'indifférence générale pour la littérature n'a pu décourager. Quand ils ont vu le domaine des muses envahi par la politique, ils se sont retirés dans la solitude de leur cabinet... Parmi ces âmes fortes, il faut sans doute placer au premier rang les éditeurs du *Conservateur littéraire*. Vainement leur criait-on de toute part : Vous voulez faire paraître un nouvel écrit périodique; qu'il traite de politique ou vous ne serez pas lus... Ils sont restés fermes au milieu de la corruption et leur *Conservateur* est tout littéraire[1]. »

Prudent, le *Conservateur* politique mêla, le 3 mars, quelques restrictions à ses éloges[2]. Ces néophytes l'inquiétaient un peu. Leur doctrine certes était inattaquable, mais la jeunesse a toutes les audaces; ils en prenaient à l'aise avec les gloires consacrées; Ancelot méritait plus de respect... Sur Victor Hugo, cette prophétie : « C'est surtout vers la satire que son talent paraît se porter. »

Il est naturel qu'Agier goûte particulièrement la verve antilibérale de *l'Enrôleur*. Sur ce terrain, ces jeunes gens se font les humbles servants de la grande revue royaliste. Leur fermeté politique ne se dément pas. Tout leur est occasion de proclamer leur foi : grand royaliste, grand chrétien, grand écrivain, ce sont là pour eux des qualités solidaires. Le culte qu'ils professent pour Chateaubriand s'adresse aux idées qu'il représente, plus encore qu'à lui-même. Les *Mémoires sur le duc de Berry* apparaissent le couronnement de son œuvre entier[3].

Par contre, en matière d'art, ils évitent de se prononcer. Les premières polémiques du romantisme les trouvent défiants[4]. Ils se gardent de tout parti pris; aucun pro-

---

1. Articles signés R.
2. Article cité d'Agier.
3. Article de V. Hugo, t. II, livr. 14.
4. « On disait autour de nous, au théâtre, que cette tragédie [la *Marie Stuart* de Lebrun] n'était pas du genre classique mais du genre romantique; nous n'avons jamais compris cette distinction. Les pièces de Shakespeare et de Schiller ne diffèrent des pièces de Corneille et de Racine qu'en ce qu'elles sont plus défectueuses... » (Article de V. Hugo, t. I, livr. 9.)

gramme ambitieux. Pour rencontrer une déclaration de principes un peu nette, il faut arriver à la dix-septième livraison[1]. Dès les premières pages cependant, un air de jeunesse et de vivacité, quelque chose de libre, de spontané, de généreux aussi. S'ils ne se sont pas attachés à une doctrine, on sent à merveille ce qu'ils ont en aversion : la médiocrité sous toutes ses formes, la solennité pédante, la rhétorique surannée de l'école impériale avec ses exclamations, ses métaphores, ses enthousiasmes figés, son « ramage mélodieux[2] ». A cette élégance banale ils préfèrent la brutalité, même triviale, mais vivante[3]. Certaines affirmations reviennent avec insistance : des vers *durs* plutôt que des vers *faibles* ; — un versificateur n'est pas un poète ; — le génie peut être monstrueux et ridicule, non pas médiocre ; — toute passion est éloquente ; — « les grandes passions font les grands hommes... de même qu'il y a des passions plus ou moins fortes, de même il existe divers degrés de génie... » ; — « la poésie ne vit que de sentiments et de transports... »[4].

Il est facile de reconnaitre ici l'influence de Rousseau, « si éloquent, si malheureux, si noblement trompé[5] », — de Rousseau dont la revue ne parle guère qu'avec prudence, mais à qui elle conserve une secrète sympathie.

De cela surtout, à cette date, il faut leur savoir gré.

---

1. « On veut du romantique en vers et en prose. Les classiques désespérés, chassés de position en position, vont être avant peu forcés dans leurs derniers retranchements. La crise est imminente ; ils le sentent, et chaque jour, en signe de détresse, ils tirent le canon d'alarme... » (Article signé S. sur *Arindal ou les Bardes... par M. Auguste Bernède.*)

2. Articles d'Abel Hugo sur la *Jérusalem délivrée* de Baour-Lormian, 2e et 4e livr.

3. Article de Victor Hugo sur *André Chénier*, 1re livr.

4. Voy. articles de Victor Hugo sur le *Louis IX* d'Ancelot, 4e livr. — *Du génie*, 4e livr. — Article signé S. (Biscarrat?) sur *les Ages de l'homme* de Boissières, 12 livr.

5. Article sur Lamennais, 1re livraison.

Non qu'ils échappent tout à fait aux préjugés de leur temps. En 1820, Victor Hugo est persuadé encore que Delille, royaliste fidèle, fut un grand poète ; mais il aperçoit déjà que son école est dangereuse et que « la médiocrité y trouvera un refuge[1] ». A ces jeunes poètes, il faut des maîtres plus puissants. Leur admiration ne s'égare pas à l'aventure ; d'instinct, elle va aux œuvres les plus riches d'avenir. Le premier volume s'ouvre sur deux grands articles de critique : *Essai sur l'indifférence de Lamennais; Œuvres complètes d'André de Chénier*. Il s'achève sur un éloge émouvant de Lamartine : « J'ai cherché jusqu'ici autour de moi un poète... » Ces trois noms valent un programme.

A cet égard, la *Muse française* marquera un recul. De 1820 à 1823, des préjugés se sont fait jour, de fausses gloires s'imposent. Par une aberration singulière, Soumet, Guiraud, *les deux Alexandres*, font figure de novateurs, et on ne s'aviserait plus de trouver ennuyeuse une tragédie d'Ancelot. C'est le règne de l'idylle douceâtre, de la banalité pleurarde, des effusions, des *Petits Savoyards* et des *Pauvres filles*,... et si ces faux-maîtres ne trouvaient bon eux-mêmes d'abandonner leurs disciples, la jeune poésie serait en danger. — Les rédacteurs du *Conservateur littéraire* ont encore, et c'est là le premier mérite du recueil, toute leur spontanéité franche.

Durant les premiers mois de la publication, la revue est exclusivement entre les mains des trois frères, ou, pour être plus exact, d'Abel et de Victor. On ne peut attribuer à Eugène avec certitude que les *Stances à Tha-*

1. *Œuvres posthumes de J. Delille*, art. de Victor Hugo, t. II, 2e livraison. — Dans la livraison suivante, l'article sur *les Ages de l'homme* est beaucoup plus catégorique : « La poésie ne fut plus que la peinture froide et muette d'une nature inanimée. Savoir décrire fut la seule qualité qu'on exigea du poète et tout le secret du style consista dans une routine qu'on appela fastueusement l'art de peindre... »

liarque dans la 3e livraison (15 janvier), dans la 5e (5 février) le *Duel du précipice* et dans la 9e (1er avril) la *Mort du duc d'Enghien*. Peut-être quelques lignes encore de l'article sur la *Marie Stuart* de Lebrun (9e livr.). Mais déjà, il n'y a plus collaboration véritable : une note parue dans le numéro précédent (25 mars) a annoncé sa retraite : « Il n'est pas inutile d'observer que deux de ces messieurs seulement, l'aîné et le plus jeune, comptent parmi les rédacteurs. » Eugène pourtant ne se désintéresse pas de la revue, et il ne faudrait pas conclure de ces lignes à un désaccord réel et durable. Dans une de ses lettres à Adolphe Trébuchet (4 août 1820) : « Écris-nous si tu ne reçois pas exactement le *Conservateur littéraire*. Nous vous envoyons six exemplaires d'une ode que Victor vient d'adresser à M. de Chateaubriand ; elle a été insérée dans le *Conservateur*, mais il en a fait tirer quelques exemplaires pour ses amis et les académiciens de sa connaissance[1]. »

Le rôle d'Abel est beaucoup plus considérable. Sans parler de la part qu'il prend à la direction de l'œuvre commune[2], il se plie, comme rédacteur, à toutes les be-

1. Lettre publ. par l'abbé Dubois, *Biobibliographie de V. Hugo*, Paris, Champion, 1913, p. 218.

2. Par exemple, en ce qui concerne le service des envois. Voy. les lettres à Adolphe Trébuchet du 20 avril 1820 : « J'écris à mon oncle pour le prier d'accepter aussi un exemplaire du *Conservateur*... », et du 25 mai : « Je t'ai envoyé un exemplaire du premier volume, et si je ne t'ai point encore adressé des livraisons du second, c'est qu'il faut que j'attende la fin du volume pour en faire partir par la poste de non timbrées. » (Publ. par l'abbé Dubois). — Voici encore une lettre à Népomucène Lemercier : « Monsieur, j'ai reçu la lettre que vous m'avez fait l'honneur de m'écrire le 22 courant. Les rédacteurs du *Conservateur littéraire* s'étant imposé l'obligation de ne point se faire connaître, je suis privé du plaisir de répondre à votre obligeante demande. J'ai communiqué votre lettre au rédacteur de l'article sur la *Panhypocrisiade* [il n'a pas eu grand'peine, car l'article est de lui] ; il a été heureux d'avoir

sognes du journalisme : petites pièces de vers, comptes rendus, nouvelles et récits. Travailleur patient, il discute les mérites de poèmes épiques d'une majestueuse pesanteur, la *Jérusalem délivrée* de Baour-Lormian, l'*Orléanide* de Lebrun de Charmettes, la *Massiliade* de S. Marin : tâche sans gaieté ! Entre temps, quelques-unes de ces études espagnoles ou italiennes qui resteront son domaine propre [1]...

Mais c'est peu de chose encore auprès de la contribution de Victor. Celui-ci est vraiment l'âme de la revue. A lui seul, il suffirait à tout. Il se multiplie, il tient tous les emplois. Ses pseudonymes déroutent la curiosité des lecteurs ; il a le goût des travestissements, jusqu'à se présenter à l'occasion sous les espèces d'un vieil érudit perclus de rhumatismes.

Pendant six mois, il est presque seul à alimenter la rubrique des *Poésies* : il lui suffit d'ailleurs de puiser dans ses cahiers ou dans les recueils des Jeux Floraux. Prosa-

---

deviné les secrets sentiments d'un de nos poètes célèbres, et la justice qu'il vous a rendue était due à l'auteur d'*Agamemnon* et de *Cloris*. Je suis particulièrement flatté que cette circonstance m'ait fourni une occasion de correspondre avec vous, et vous priant d'agréer l'assurance de mon profond respect, j'ai l'honneur d'être... — 25 janv. 1820. » Inédit.

1. « Cette nouvelle, dit une note du *Conservateur* à son dernier article (*le Carnaval de Venise*) est extraite d'une suite de compositions dans lesquelles l'auteur s'est proposé de retracer, d'une manière dramatique, les coutumes de quelques peuples. » (T. III, 30e livr.) — En 1821-22, il donne des leçons de littérature espagnole à la Société des Bonnes-lettres et annonce une série de traductions de Lope de Vega, Calderon..., sous ce titre : *le Génie du théâtre espagnol*. (Voy. 27e livr.) — En 1822, *Romances historiques traduites de l'espagnol* (1 vol. in-12), *l'Heure de la mort*, nouvelle espagnole, publiée dans la *Foudre*, et *la Vengeance de la Madone*, trad. de l'italien... A cet égard, Abel Hugo est le précurseur et peut-être l'initiateur d'E. Deschamps. — En 1823, il s'oriente vers les études historiques, tout en s'essayant au théâtre avec ses collaborateurs Romieu, Ader, Vulpian...

teur, il est inépuisable, et il a tous les tons : éloquence, raillerie bouffonne, gravité, fantaisie. Avec une verve joyeuse, il mène la lutte contre le libéralisme; il passe d'une étude puissante à des *Variétés* spirituelles, de la critique d'art à sa chronique des spectacles. Tout lui est sujet d'article : il compare les mérites de *l'Art du tour*, poème en 4 chants de M. Ch. Lebois, et de *l'École du cavalier*, poème didactique et militaire du chef d'escadron Millet[1]. Il célèbre jusqu'à un *Manuel du recrutement* : il est vrai que l'auteur en est M. Foucher, chef de bureau au Ministère de la Guerre, père redouté de certaine jeune fille[2]...

Tout cela d'une abondance, d'une verve, d'une variété de moyens incroyable. Il y a dans ces trois volumes tout un Hugo qui mérite certes de ne pas être oublié. Lui-même ne s'est pas résigné à voir périr ces productions de sa jeunesse. Le *Victor Hugo raconté* reprendra plusieurs des poèmes du *Conservateur*; un bon nombre de ses articles critiques ou politiques deviendront, en 1834, le *Journal d'un jeune Jacobite* de *Littérature et philosophie mêlées*.

On sait les transformations qu'ils ont subies, et comment l'auteur les a maquillés pour les adapter à ses convictions nouvelles[3]. Tantôt ce sont de larges fragments qui survivent; tantôt une simple phrase, encastrée dans un développement nouveau. Un même article (sur *l'Officier de fortune* de W. Scott, sur *l'Histoire de France* de Vély, sur la *Marie Stuart* de Lebrun) est découpé en une série de morceaux dispersés à dessein. Ailleurs, une retouche ingénieuse modifie de façon absolue le sens d'un développement. « Je n'aime pas qu'un historien soit cosmopolite », disait-il en 1821[4]. Il corrige en 1834 :

---

1. Tome I, 8e livraison.
2. Tome II, 20e livr. — Voy. la réponse de Foucher : *Lettres à la fiancée*, p. 40.
3. Voy. Biré, *Victor Hugo avant 1830*.
4. Tome III, 28e livraison.

« Bien que l'historien cosmopolite soit plus grand et plus à mon gré... » C'est ce qu'il appelle reproduire un article *sans y rien changer*[1]. D'une étude sur *Ivanhoé*, il reste un paragraphe sur la condition des Juifs au Moyen âge. L'éloge d'une traduction d'Homère se transforme en une diatribe contre les traducteurs. L'analyse du *Phocion* de Corentin Royou devient un *Plan de tragédie faite au collège* : il a suffi de supprimer les citations et le nom de l'auteur. A quoi bon se mettre en frais pour un poète oublié? Mieux vaut se parer de ses dépouilles. Victor Hugo connait les droits du génie et il en use — largement.

En face de ces textes maquillés, coupés, antidatés, il n'est pas sans intérêt de rétablir la leçon primitive. La plus grande partie de ces articles, d'ailleurs, n'a jamais été reproduite et demeure ensevelie dans la collection, presque introuvable, du *Conservateur*.

Une note de la 8e livraison informe le public que « *MM. Hugo frères* ne sont pas *les seuls auteurs* de la Revue ». Ils comptent plusieurs collaborateurs dont les articles ne sont soumis, comme les leurs, qu'à la censure du Conseil de rédaction composé de la réunion de tous les rédacteurs... » Voilà qui donne l'impression d'une revue solide et puissamment organisée. Mais, en vérité, ce grand *conseil de rédaction* ne doit pas tenir des assises bien solennelles et l'on a vite dressé le compte de *tous les rédacteurs* : J.-J. Ader, un des collaborateurs d'Abel pour son *Traité du mélodrame*[2]; — le comte François de Neufchateau, « de l'Académie française, etc. », heureux d'apporter à son jeune ami Victor le prestige de sa situation et de ses titres[3]; — Ch. de Saint-Maurice, futur

1. Préface de *Littérature et philosophie mêlées*.

2. Le Bayonnais J.-J. Ader qui, plus tard, comptera parmi les collaborateurs libéraux du *Mercure du dix-neuvième siècle* et de la *Pandore*, — et écrira avec Léonard Detcheverry la satire antiromantique : *Les deux écoles* (Odéon, 13 août 1825).

3. Ministre sous le Directoire, imbu des idées du dix-huitième siècle, Neufchateau abandonne la politique sous la

dramaturge, en quête pour l'instant de lauriers académiques[1]; — peut-être Biscarrat, l'ancien maître d'études de la pension Cordier[2]... C'est tout pour le premier volume.

Après quelques mois, le cercle s'élargit. Le printemps de 1820 amène au *Conservateur* des amis nouveaux. Les deux frères, d'ailleurs, n'ont rien négligé pour sa diffusion.

Certains milieux sont particulièrement favorables, — ceux où les premiers succès de Victor ont fait le plus de bruit et où l'on attend le plus de sa jeune gloire. La Bretagne d'abord. Les tribulations et les soucis de son existence n'ont pas permis à Sophie Trébuchet de rester en relations étroites avec sa famille nantaise. Un moment, des oppositions d'intérêt sont intervenues; elle-même, sauf en ce qui concerne ses fils, est de caractère un peu négligent et, à deux reprises, en 1813 et 1814, son frère a dû faire des démarches pour savoir ce qu'il advenait d'elle et du général[3]. Mais, en 1820, le moment semble venu pour un rapprochement dont le *Conservateur littéraire* sera l'occasion. Ses enfants, d'ailleurs, la dispensent de toute démarche. Le 20 avril, Abel écrit à son cousin Adolphe, en lui envoyant le premier volume : « Nous avons toujours désiré beaucoup connaître des parents dont notre mère ne nous a jamais parlé qu'avec

---

Restauration pour se consacrer aux lettres, sans être en aucune façon un ennemi du régime nouveau. A partir de 1817, il est en relations avec Victor Hugo qui collabore à son *Lesage*. Le *Conservateur littéraire* ne perd pas une occasion de faire son éloge. Il appartiendra au *Mercure du dix-neuvième siècle*.

1. Charles de Saint-Maurice, couronné en 1819 par la Société des arts et lettres d'Arras pour une *Ode sur la délivrance d'Arras par Turenne*, — et en 1820 par les Jeux Floraux (*Épître sur le suicide*) et par l'Académie française (*Institution du jury*), mention honorable. Le prix fut remporté par E. Mennechet.

2. Du moins d'après Quérard dont le témoignage ne peut être contrôlé.

3. Voy. les lettres publ. par l'abbé Dubois, *liv. cit.*

éloge, et tu ne nous aurais pas écrit le premier que nous aurions saisi l'occasion du *Conservateur* pour faire connaissance avec toi ; on est si heureux de trouver des amis parmi les personnes qu'attachent déjà à nous les liens du sang... » Victor, le même jour : « Je désire que le *Conservateur* soit lu avec quelque indulgence par nos bons parents de Nantes et j'espère que tu ne tarderas pas à nous donner des nouvelles de toute la famille... »

Dès lors, la correspondance continue sur le ton le plus affectueux, toute familière de la part d'Abel et de Victor, — un peu plus cérémonieuse, plus exaltée aussi, quand Eugène tient la plume. Et ce sont des causeries sur tous les sujets. Le jeune Nantais est ravi de cette intimité flatteuse. Il prend modèle sur ses cousins ; il partage leurs opinions politiques, il partage leurs goûts. Les études de droit auxquelles on le destine l'intéressent bien moins que les lettres ; il brûle de montrer ce dont il est capable. Il se risque à des descriptions de paysages, à des récits d'excursions, et ses premiers essais sont accueillis avec cette bonne volonté attendrie qui sera à la mode dans le Cénacle. L'un d'eux surtout a été goûté : une description de l'abbaye de La Meilleraye. A l'unisson, les trois frères prodiguent des encouragements : « Continue toujours... (Abel.) — Continue, mon cher Adolphe, à nous donner ainsi des détails... (Eugène.) — Continue, mon cher Adolphe, à nous mettre de moitié dans tes courses. (Victor.) » Touchante harmonie ! Un mois plus tard (2 septembre), la lettre sur la Trappe paraît dans le *Conservateur*. Cela, c'est la consécration suprême : Adolphe Trébuchet est désormais le quatrième frère. Venu à Paris pour l'ouverture des cours de droit, il partagera la vie de ses cousins[1].

Dans les milieux toulousains encore, le *Conservateur* a

1. L'article sur la Trappe a été reproduit dans les *Débats* (voy. la lettre du 1er nov. 1821, publ. par l'abbé Dubois). — Plus tard, Ad. Trébuchet deviendra chef de bureau des établissements insalubres à la préfecture de police et se consacrera à des études d'hygiène publique et de police médicale.

trouvé sans peine des sympathies. Victor a remporté ses premiers succès aux Jeux Floraux et ils lui en gardent une reconnaissance : ce sera leur meilleur titre de gloire. Ajoutez que, pour eux, il se met en frais de coquetterie ; il est déjà expert dans l'art de cultiver les amitiés utiles et l'on ne résiste pas aux grâces de ses lettres...

Pour les poètes du midi, ce sera une bonne fortune de collaborer à une revue parisienne et ils seront accueillis volontiers. Ils se présentent au second volume. Mme Tastu figure à la treizième livraison avec une pièce couronnée aux Jeux Floraux[1] ; — la comtesse d'Hautpoul gémit, après quelques autres, sur l'assassinat du duc de Berry[2] ; — Labouisse-Rochefort, poète des joies conjugales[3], en-

---

1. Sabine, Casimire, Amable Voiart, mariée en 1816 avec Joseph Tastu, imprimeur à Perpignan.

2. La comtesse d'Hautpoul est d'origine parisienne ; veuve du comte de Beaufort, elle épousa en secondes noces Charles d'Hautpoul. — Ses premiers succès aux Jeux Floraux datent des dernières années du dix-huitième siècle. En 1820, un volume de *Poésies diverses* dédié au roi ; dans les années suivantes, d'abondantes productions « à l'usage des demoiselles ». — A cette date, la comtesse d'Hautpoul qui a déjà publié de nombreux volumes est un peu découragée. Dans une lettre du 17 juillet 1821 : « Je n'ai pas fait un vers depuis huit mois, pas un seul. Je suis découragée de ne rien obtenir que des compliments et des promesses. Cependant, la duchesse de Berry m'a donné un bracelet d'un goût exquis représentant le duc de Bordeaux et elle-même ; elle a mis à ce don précieux beaucoup de grâces. Mais j'avais la promesse d'une pension qui a été donnée à un autre ; j'avais aussi dû compter sur M. de Lauriston. Tout cela a manqué à la fois. Je suis dégoûtée et n'ai plus de verve... » (Inédit.)

3. Labouisse-Rochefort, né à Saverdun (Ariège) en 1778, royaliste convaincu, écrivain intarissable, membre d'une foule de Sociétés savantes. La plus grande partie de son œuvre poétique célèbre les vertus de son Éléonore. Ses *Souvenirs*, publiés à Toulouse, donnent quelques détails intéressants perdus dans un fouillis d'anecdotes. Ce fut aussi un grand collectionneur d'autographes. (Sur lui, voy. Duclos.

voie des vers posthumes de son ami Kerivalant et s'amuse, pour son compte, à des imitations de poètes latins[1].

Mais, à cet égard, l'événement le plus considérable, le plus riche de conséquences surtout, est l'entrée en scène d'A. Soumet. Parmi les protecteurs toulousains de Victor, celui-ci est un personnage d'importance : bientôt, il sera un demi-Dieu. En août 1820, le *Conservateur littéraire* qui avait déjà rendu hommage à son talent[2] annonce

---

Histoire des Ariégeois, t. VI. — Les papiers inédits de Labouisse ont été légués par Duclos à la ville de Saint-Girons; ce dépôt, précieux pour l'étude de la littérature provinciale, m'a été signalé par M. Rozès de Brousse, mainteneur des Jeux Floraux.)

1. N. Ledeist de Kerivalant, né à Nantes, ancien maître des comptes de la province de Bretagne, mort en 1815. — Labouisse, qui se fit son éditeur, écrit, le 3 janvier 1820, au libraire Michaud : « Je pourrai vous fournir une notice sur feu M. de Kerivalant qui m'a légué tous ses papiers. Je viens de publier des imitations d'un *Choix d'épigrammes d'Owen* qui sera bientôt suivi d'un *Choix d'Ausone* en vers français. Je publierai aussi de lui un recueil très intéressant de poésies de différents genres : des contes, des fables, des épîtres ou des imitations d'Horace, de Tibulle, de Catulle, de Properce, d'Ovide, de plusieurs poètes anglais et italiens, mais surtout un Martial en vers... » (Inédit.) — Dans le second volume du *Conservateur* figurent encore : Ch. d'Ivry, un correspondant d'occasion, — Saint-Félix, qu'il ne faut pas confondre avec Jules de Saint-Félix alors âgé de quatorze ans, — l'ancien abbé Lafont d'Aussonne, personnage équivoque dont le nom sera mêlé plus tard à d'étranges aventures. — Plus régulière, la collaboration de Tézenas de Montbrison et de L.-Th. Policier, qui commence en juillet une série d'adaptations et de traductions en prose.

2. Dans le t. I, 7e livraison, Abel Hugo avertit Lebrun des Charmettes, auteur d'une *Orléanide*, qu'il « trouvera une concurrence redoutable dans le talent de M. Soumet, jeune poète qui, au milieu de nos discordes politiques, semble s'être réfugié dans le temple de la fondatrice des arts, pour y célébrer plus à loisir la libératrice de la patrie ». — Déjà, en 1808, lors d'un premier voyage à Paris, Soumet avait fait grande

comme un événement solennel son arrivée à Paris : « M. A. Soumet, de l'Académie des Jeux Floraux, vient d'arriver à Paris. Cet enfant d'Isaure, qui occupe un rang si distingué parmi nos jeunes poètes, rapporte dans la capitale des ouvrages longtemps médités dans la patrie des troubadours. On sait qu'il travaille à une épopée sur Jeanne d'Arc et que l'une de ses tragédies (*Cléopâtre*) est reçue au Théâtre-Français. Comme M. de Lamartine, il est auteur d'un *Oreste* et d'un *Saül*... »

Déjà en relations avec le père d'Émile et Antoni Deschamps, Soumet prit rang aussitôt parmi les intimes réunis autour de l'aimable vieillard, — petit cénacle dont bien des poètes garderont un souvenir ému[1]. On peut supposer avec assez de vraisemblance qu'il servit d'intermédiaire entre ces jeunes écrivains et les frères Hugo. Du moins est-ce le moment précis où les deux groupes se rapprochent. Victor va trouver là les éléments de sa future armée : ceux qui le suivront à la *Muse française*, — et certains aussi, comme Latouche, qui se dégageront assez rudement.

Dans une lettre à J. de Rességuier, Soumet fait con-

---

impression. Dans une lettre de la comtesse d'Hautpoul (20 février 1808) : « J'ai vu quelquefois chez moi et chez Mme de Latour d'Auvergne un jeune homme de Castelnaudary, nommé Alexandre Soumet, qui a bien le germe du talent et qui m'a lu de fort bons vers qui m'ont causé un vrai plaisir, et un dithyrambe plein de verve et d'élégance. Je trouve à ses vers toute la chaleur de ses vingt ans et non pas le désordre de cet âge. S'il suit de bons modèles et si ses talents ne l'enivrent pas et qu'on ne le *gâte* pas avant qu'il soit mûr, je pense qu'il ira fort loin dans la carrière littéraire. Peu d'hommes de vingt ans auraient fait ses vers. » (Inédit.)

1. Lui-même fera dans le *Conservateur* (t. III, 28e livraison) l'éloge du père Deschamps : « Restée jeune à quatre-vingts ans, son âme, comme trempée au feu des Muses, semble puiser une vie nouvelle dans l'admiration que lui inspirent les chefs-d'œuvre de la poésie antique et moderne... »

naître ses impressions des premiers jours : « J'ai retrouvé ici votre souvenir ; vous faites presque partie de notre cercle poétique ; l'éloge de Clémence Isaure a révélé partout le troubadour et vous avez gardé pour vous plus d'une fleur de sa corbeille. J'ai entendu des vers ravissants d'un jeune homme, M. de Vigny ; c'est une élégie intitulée *La Somnambule*... Le jeune Hugo vous adresse mille expressions de sa reconnaissance ; je lui ai promis de vous les faire parvenir. Cet enfant a une tête bien remarquable, une véritable étude de Lavater[1]. » Le 20 décembre, à Alexandre Guiraud : « Tous nos amis te disent mille choses. Je suis allé l'autre jour passer la soirée chez l'oncle, où je les ai tous rencontrés[2]... »

Dès lors, l'école est virtuellement constituée et le *Conservateur littéraire* devient son premier organe officiel. Là est l'intérêt du tome III. Victor et Abel Hugo y conservent leur situation éminente ; leur contribution est plus importante que jamais ; mais de précieux concours s'offrent à eux. Il ne s'agit plus seulement, comme au cours du second volume, de quelques adhésions particulières. C'est toute une rédaction nouvelle, animée des mêmes espérances et du même esprit.

Cet élargissement se manifeste dès la fin de 1820. En décembre, Vigny donne son article sur Byron, un article qui a la valeur d'un programme, et Victor Hugo consacre à un *Dithyrambe* de G. de Pons un compte rendu élogieux[3]. D'une livraison à l'autre, une série de noms nouveaux viennent enrichir la rubrique des poésies (Vigny, Saint-Valry, E. Deschamps à la 27e ; — J. de Rességuier et J. Lefèvre à la 28e ; — à la 29e, Soumet et France d'Hou-

1. Cité par Biré.

2. Cité par L. Séché, *Le cénacle de la muse française*, p. 31.

3. L'article d'Abel, au premier volume, sur *Constant et Discrète* était beaucoup plus réservé que celui-ci. — Voy. au t. III des *Adieux poétiques* de G. de Pons (p. 165) l'épître qu'il adresse à Victor Hugo en novembre 1820 et la réponse de Hugo (11 nov.). Cette réponse a été reprise dans le *V. Hugo raconté*.

detou), cependant que les *Variétés*, avec une complaisance non dissimulée, font connaître les projets littéraires des adhérents[1].

Entre ces jeunes gens, l'amitié a été facile et rapide. Victor Hugo suit les efforts de tous. Il les encourage et, s'il est nécessaire, il les soutient. Ainsi, il est l'âme du petit groupe. A Alfred de Vigny, le 21 avril 1821 : « Lefèvre est encore dans l'incertitude, Soumet fait des vers superbes, Pichat cache son manuscrit, Émile nous promet *le Fou du Roi*, Gaspard rit à Versailles, Rocher pleure à Grenoble près de son père dangereusement malade, Saint-Valry fait ses pâques à Montfort : tous vous aiment, vous embrassent, mais pas plus tendrement que moi[2]. » Pour eux, il ambitionne les succès qui furent, quelques années plus tôt, ses premières joies de poète et, le moment venu où se distribuent les récompenses des Jeux Floraux, il intervient : « Permettez à un vieux combattant réformé de vous recommander des athlètes en présence desquels il n'aurait sans doute pas vaincu. J'appellerai votre attention sur l'élégie de *Symetha* d'un jeune poète dont Soumet vous a sans doute parlé, de notre ami Alfred de Vigny; sur celle du *Convoi de l'émigré* par M. Saint-Valry[3]... »

Mais, de jour en jour, l'influence de Soumet grandit auprès de la sienne. Le *Conservateur* est devenu sa chose. Il parle et décide au nom de tous; il procure de nouveaux

1. La 26e livraison annonce la traduction d'*Horace* d'E. Deschamps, le *Pélage* d'A. Guiraud, *Montmartre* d'A. de Vigny (*Montmartre* est le premier titre de l'élévation *Paris* publiée dix ans plus tard). — La 27e annonce *Turnus* et *Léonidas* de Pichat, le *Génie du théâtre espagnol* d'Abel Hugo, les projets dramatiques de Soumet. — La 29e, la *Clytemnestre* de J. Lefèvre et un poème héroï-comique de J.-J. Ader. — La 30e, la *Cléopâtre* et la *Clytemnestre* d'A. Soumet.

2. Publ. par E. Dupuy, *Alfred de Vigny, ses amitiés*..., t. I, p. 119.

3. Lettre du 21 mars 1821. Publ. par Biré, p. 133.

collaborateurs, il reçoit des articles — et n'hésite pas à les corriger. Il s'entraîne à cette maîtrise qu'il exercera sans conteste au temps de la *Muse française*. Il a déjà — sans affectation — ce ton doctoral, cette bienveillance condescendante, même avec ses amis les plus familiers. Au début de 1821, J. de Rességuier a envoyé deux pièces de vers couronnées aux Jeux Floraux; Soumet lui répond : « Le *Conservateur littéraire* vous dira ce que nous en pensons [de *Glorrina*]. J'en dispose comme de mon bien; me le pardonnerez-vous? Me pardonnerez-vous de trouver vos vers délicieux et d'avoir pour vous des sentiments de prédilection poétique que je veux que le public partage[1]?... » — *J'en dispose comme de mon bien* : euphémisme charmant, à recommander aux directeurs de revues. Entendez que Soumet a retouché les vers de son ami; et, comme Rességuier n'a pas trouvé la chose tout à fait à son goût, il s'en excuse : « Victor Hugo vient de me montrer votre dernière lettre et je suis confus de l'extrême douceur avec laquelle vous vous plaignez de moi, dont vous avez tant à vous plaindre. Mon premier tort a été de retrancher un seul vers de votre élégie de *Glorrina*; mais il m'a fallu céder aux exigences de tous vos amis de Paris qui chérissent votre talent et que l'aigle de votre charmante Écossaise avait un peu blessés[2]... »

---

1. Publ. par P. Lafond, *L'Aube romantique*, p. 63. *Glorrina* paraît avec une note flatteuse dans la 28e livraison (20 janvier 1821). La lettre classée inexactement par M. Lafond, ne peut donc être postérieure aux premiers jours de janvier. — Quant à la seconde pièce envoyée par Rességuier, elle ne fut pas insérée. « *La mort d'une jeune fille* est à refaire, prononce Soumet, quoiqu'elle renferme une foule de vers charmants. En général, les imitations portent malheur. Tout ce que j'ai cherché à imiter a été trouvé mauvais par nos grands amis. Livrez-vous à votre inspiration. *Glorrina* est une élégie fort remarquable. Je vous écrirai avec plus de détails en vous envoyant le numéro du *Conservateur* où votre élégie sera imprimée. » (*Ibid.*)

2. Lettre d'avril 1821, publ. par M. Lafond, p. 68.

Personnellement, d'ailleurs, Soumet est loin de fournir une collaboration très active : seulement une élégie et deux ou trois articles... Son prestige lui permet de se réserver, et il est tout entier à ses préoccupations dramatiques. Sa grande ambition est de voir sur la scène *Saül*, *Cléopâtre* ou *Clytemnestre*. Or cela ne va pas sans difficultés. A sa dernière page, le *Conservateur* annonce la réception de *Clytemnestre* au Théâtre-Français. Mais ce n'est encore que le début d'une longue série d'ennuis. « J'ai été abreuvé de tous les dégoûts imaginables », dira-t-il à Guiraud [1]. Et quand viendra le jour du triomphe (novembre 1822), le *Conservateur littéraire* aura depuis longtemps cessé de vivre...

La publication fut interrompue en mars 1821, après la 30e livraison, à la fin du troisième volume. Cela, très brusquement et pour des raisons que nous ne connaissons pas. Par l'intermédiaire de Soumet encore, J. de Rességuier avait envoyé une élégie nouvelle, *la Consolation d'une mère*. Hugo s'excuse, le 17 avril, de ne pouvoir l'imprimer, comme il l'aurait désiré : « Cette jolie pièce était destinée au *Conservateur littéraire*, à ce que m'a dit Alexandre ; mais comme le *Conservateur* s'est réuni aux *Annales*, ces dernières en hériteront et, en ma qualité d'ancien rédacteur du *Conservateur*, je suis un peu jaloux des *Annales* [2]. » D'ailleurs, il semble se consoler aisément de la disparition de sa revue : « Cette réunion des deux recueils m'a fait plaisir, en me débarrassant d'un travail permanent qui me fatiguait depuis longtemps; d'un autre côté, je n'aurai plus un journal à la disposition de mes amis,

1. Publ. par Léon Séché, *liv. cit.*, p. 37.

2. Lettre du 17 avril, publiée par M. Lafond, p. 61. — Voy. aussi la lettre de Soumet : « Nous voulions tous que le feuilleton qui interprète votre nouvelle élégie, supérieure à celle de *Glorvina*, eût passé par le dernier numéro du *Conservateur littéraire*. Le *Conservateur littéraire* avait son dernier numéro pris. Nous la ferons insérer dans les *Annales*... » (*Ibid.*, p. 69.)

comme l'était le *Conservateur*, et cette privation compensera, de reste, le plaisir[1]. »

Quant aux *Annales de la littérature et des arts*, elles annoncèrent la fusion par une note du 7 avril 1821 : « Réunion du *Conservateur littéraire* aux *Annales*. Des travaux littéraires commencés depuis longtemps et auxquels MM. Hugo désirent se livrer presque exclusivement ne leur permettant plus de consacrer au journal qu'ils ont fondé le temps et les soins que demande une pareille entreprise, ils nous ont offert de réunir leur recueil aux *Annales* et de prendre part, avec nos collaborateurs, à la rédaction de ces dernières. Les talents de MM. Hugo, l'identité de leurs doctrines politiques et littéraires avec celles que nous professons nous ont fait accepter leur proposition avec autant d'empressement que de plaisir. Nous avons regretté que les rangs complets de notre rédaction ne nous permettent pas de donner dans les *Annales* à tous les émigrants du *Conservateur littéraire* la place qu'ils méritent d'y occuper. Nous espérons cependant ne pas être privés de toute coopération de leur part et nous comptons bien qu'ils nous aideront à jeter dans notre journal une variété de tons et de matières que les lecteurs ont le droit d'exiger dans un ouvrage qui n'a pour objet que de les distraire[2]. »

Quelques dissentiments ne tardèrent pas à se produire. C'est du moins ce qui ressort d'une lettre de Victor Hugo à son oncle Trébuchet, le 3 octobre 1821 : « Nous sommes, depuis deux mois, ouvertement brouillés avec les *Annales* dont le directeur a ouvertement abusé de notre bonne foi ; nos intérêts ont été froissés d'une manière criante et

1. Lettre du 17 avril, publiée par M. Lafond, p. 61.

2. Cité par Ch.-M. Desgranges, *La presse littéraire sous la Restauration*, p. 100. — Les *Annales* avaient été fondées, le 1er octobre 1820, par Quatremère, Nodier, Ancelot, etc. En tête du troisième volume, les noms de V. Hugo, Malitourne, A. Hugo s'ajoutent, sur la feuille de titre, à ceux des fondateurs.

notre rupture va être enfin décidée par arbitrage[1]... » Mais les choses s'arrangèrent sans doute, puisque la collaboration, assez irrégulière d'abord, des deux frères, de Vigny, de Deschamps, de Saint-Valry se prolongea en 1822 et 1823, et jusqu'au moment où, le besoin se faisant à nouveau sentir pour Hugo d'avoir un organe bien à lui, la *Muse française* prit la place du *Conservateur*.

* * *

Il est malaisé de déterminer avec certitude la part qui revient dans le recueil aux divers collaborateurs[2]. Or, c'est là le problème essentiel.

Les indications manuscrites laissées par P. Lacroix sont de pure fantaisie et peuvent être négligées. Beaucoup plus sérieuse, la notice écrite par M. Em. Paul pour le catalogue Noilly[3] ne risque aucune attribution hardie et a le mérite de préciser assez exactement l'apport de Victor Hugo. Elle a servi de base à tous les travaux postérieurs et n'a guère été discutée. Dans l'ensemble, d'ailleurs, elle mérite toute confiance. Pourtant, un document que je dois à l'obligeance de M. L. Barthou permet de la compléter sur certains points.

C'est un exemplaire du *Conservateur* donné par Victor

---

1. Publ. par M. Tourneux dans l'*Amateur d'autographes*, févr. 1902.

2. Voy. la note qui termine la 7e livraison : « Les rédacteurs du *Conservateur littéraire*, s'étant fait une loi de l'impartialité la plus rigoureuse, ont senti qu'il était nécessaire de garder l'anonyme pour éviter, non les menaces mais les politesses intéressées de MM. les auteurs... »

3. Paris, Vve Labitte, 1886. — Voyez ensuite E. Dupuy, *La Jeunesse des romantiques* ; M. Souriau, *La Préface de Cromwell* ; Ch.-M. Desgranges, *La Presse littéraire sous la Restauration* ; abbé Dubois, *Biobibliographie de V. Hugo*.

Hugo à Juliette Drouet. Sur la feuille de garde, le poète a écrit quelques vers et une date :

Oh ! Je suis le regard et vous êtes l'étoile !
Je contemple et vous reluisez !
Je suis la barque errante et vous êtes la voile !
Je flotte et vous me conduisez !
Près de vous qui brillez, je marche triste et sombre,
Car le jour radieux touche aux nuits sans clarté,
Et, comme après le corps vient l'ombre,
L'amour pensif suit la beauté !

26 août 1833, minuit.

Au faux titre, cette dédicace :

Exemplaire unique
A ma Juliette bien-aimée. V. H.

A cette date de 1833, Victor Hugo préparait son recueil de *Littérature et Philosophie mêlées*, et c'est précisément sur cet exemplaire qu'il a commencé son travail. On y trouve de fréquentes retouches autographes; certaines études (sur le *Phocion* de Royou au 1er volume, sur le *Jean de Bourgogne* de Formont au 3e) sont transformées déjà comme elles le seront dans le recueil. Ailleurs, ce sont de sommaires indications marginales, des ratures ou des surcharges. A la table, enfin, un grand nombre d'articles — dans lesquels il reconnaît son bien — sont marqués d'une croix.

A vrai dire, cela ne donne pas la solution complète du problème. Plus de dix ans après, Victor Hugo a pu quelquefois se tromper et il lui arrive d'être distrait... C'est ainsi que, par erreur, il semble réclamer un article d'Alfred de Vigny [1]. Par contre, il en néglige d'autres qui évidemment lui appartiennent, et cela s'explique, son intention n'étant pas de nous signaler tout ce qu'il a écrit

1. Le fameux article sur Byron.

personnellement, mais seulement de faire, pour lui-même, un premier choix qui n'a rien de définitif. Cet exemplaire n'en est pas moins, joint au recueil de 1834, un précieux instrument de contrôle.

Outre les pièces qui portent le nom de Victor Hugo, quelques signatures lui appartiennent sans conteste : V. d'Auverney[1], — Aristide, — *****, — Publicola Petissot[2], — Sainte-Marie[3]. Il convient de lui attribuer encore les initiales V, M, B, E, H, U.

Pour les trois premières, aucune hésitation n'est possible ; il suffit de se reporter au premier volume de *Littérature et philosophie mêlées*. Ces trois lettres, d'ailleurs, semblent, au moins dans le premier volume, correspondre à trois séries d'articles distincts, V étant réservé surtout à la critique littéraire, — M à la critique d'art, à la littérature étrangère, aux comptes rendus académiques, — B aux articles de morale et de politique[4].

Pour la signature E la solution est moins simple. On la trouve à la fin de 7 articles :

Tome I : 1° *Œuvres complètes d'A. de Chénier.*
2° *Du génie*
3° *Le duel du précipice.*
4° *Histoire de France par Vély, Villaret...*

---

1. Sans doute un souvenir d'Auverney, où sa mère, dans sa jeunesse, avait fait de fréquents séjours. Abel donne aussi, dans le *Conservateur* (Tome III), le récit d'un voyage à Auverney.

2. L'abbé Dubois hésite pour celle-ci. Mais l'exemplaire de Juliette Drouet l'attribue à Victor Hugo.

3. L'*Ode à Lydie*, publiée sous cette signature, est reprise dans le *Victor Hugo raconté*.

4. Ceci n'est pas très rigoureux. La signature B disparaît à partir du tome II et plusieurs articles de politique figurent avec la lettre V. Le compte rendu de *l'Officier de fortune* est signé M au 1er volume ; celui d'*Ivanhoé*, au second, est signé V. Hugo est arrivé assez vite à user indifféremment de l'une ou l'autre de ces initiales, sans autre souci que de varier les signatures dans une même livraison.

5° *Cloris, tragédie par N. L. Lemercier.*
6° *Marie Stuart, tragédie par Lebrun.*
Tome III : 7° *Jean de Bourgogne, tragédie par Formont.*

Le n° 3 a toujours été attribué à Eugène Hugo. Par contre, Victor a revendiqué les six autres en 1834. Mais le n° 1 se retrouve encore, et cette fois sous le nom d'Eugène Hugo, en tête de l'édition de Chénier, chez Gosselin, en 1840... Quant au n° 6, Victor le donne bien comme lui appartenant dans *Littérature et philosophie mêlées*, mais il met le dernier paragraphe entre guillemets et le fait précéder de cette mention : « E. vient d'écrire ceci aujourd'hui, 25 avril 1815 »[1]. Est-ce simplement pour piquer la curiosité ?... Ou veut-il dater le morceau ?... Ou faut-il admettre une collaboration des deux frères ? Mais une note de la 8e livraison (et cet article appartient à la 9e) déclare qu'Eugène n'est plus au nombre des collaborateurs.

Restent les initiales H (*Spectacles*) et U (*Revue littéraire*). Ici, il n'y a rien à conclure du recueil de 1834 qui conserve seulement un article signé H, quelques lignes signées U (Extrait de la *Revue poétique* de la 17e livraison) et sacrifie tout le reste. M. Em. Paul accorde cependant à V. Hugo — non sans hésiter — la première de ces deux signatures, mais lui refuse la seconde. L'exemplaire de Juliette Drouet tranche la difficulté et nous autorise à lui rendre l'une et l'autre.

Il faut ajouter enfin certains morceaux anonymes et, sans doute, la plus grande partie des *Variétés*. Voici donc, dans l'ordre des livraisons, la liste des articles que l'on peut, avec certitude, lui attribuer. Je marque d'une astérisque tous ceux que signale l'exemplaire de Juliette Drouet, soit à la table, soit, dans le courant des volumes, par des corrections ou indications marginales :

---

1. Cette mention ne se retrouve pas dans le *Victor Hugo raconté...* qui attribue l'article entier à Victor Hugo.

TOME I

1re livr. : 1 *L'enrôleur politique. Satire* (Sign. V. M. Hugo).

*2 *Œuvres complètes d'André de Chènier* (Sign. E.).

*3 *Première représentation du Frondeur, comédie en 1 acte et en vers de M. Royou* (Sign. H.).

2e livr. : 4 *Les vierges de Verdun. Ode*... (Sign. V. M. Hugo).

*5 *L'avarice et l'envie. Conte* (Sign. V. d'Auverney).

*6 *Walter Scott. L'officier de fortune. La fiancée de Lammermoor* (Sign. M.).

*7 *Les Vêpres siciliennes, trag. par M. C. Delavigne. Louis IX, trag. par M. Ancelot. Premier article* (Sign. V.).

*8 *Spectacles. Un moment d'imprudence com... par MM. Wafflard et Fulgence. La Somnambule, vaudeville... par MM. Scribe et A. Delavigne. Cadet-Roussel Procida, parodie des Vêpres siciliennes par MM. Dupin et Carmouche* (Sign. H.).

*9 *Les trois nuits d'un goutteux, poème par M. le comte F. de Neufchateau* (Sign. à la table U.).

3e livr. : *10 *Épître à Brutus. Les Vous et les Tu.* (Sign. Aristide).

*11 *L'esprit du grand Corneille par M. le comte F. de Neufchateau* (Sign. M.).

12 *De l'éloquence politique et de son influence dans les gouvernements populaires et représentatifs, par M. P.-S. Laurentie. Premier article* (Sign. B.).

*13 *Spectacles. Olympie, trag. lyr. en 3 actes, paroles de MM. Brifaut et Dieulafoy, musique de M. Spontini, ballets de M. Gardel. Le marquis de Pomenars, com. en 1 acte et en prose* (Sign. H.).

*14 *Constant et Discrète, poème... par le comte Gaspard de Pons* (Sign. à la table V.).

*15 *Le dix-neuvième siècle. Épître... par M. Rossel* (Sign. à la table U.).

4e livr. : *16 *Cacus*... (Sign. V. d'Auverney).

*17 *Du génie* (Sign. E.).

*18 *Les Vêpres siciliennes, trag. par M. C. Delavigne.*

Louis IX, trag. par M. Ancelot. Deuxième et dernier article (Sign. V.)

*19 *Réflexions morales et politiques sur les avantages de la monarchie, par Mme C. de M... Premier article* (Sign. B.).

*20 *Première représentation des Comédiens, com... de M. C. Delavigne* (Sign. H.).

5e livr. : 21 *Les destins de la Vendée. Ode...* (Sign. V. M. Hugo).

*22 *Histoire générale de France, par MM. Vély, Villaret, Garnier et Dufau... Premier article* (Sign. E.).

*23 *La famille Lillers ou Scènes de la vie, par M. J. C. Saint-Prosper* (Sign. M.).

*24 *Phocion, trag... par J. C. Royou...* (Sign. M.).

6e livr. : *25 *Achéménide* (Sign. V. d'Auverney).

*26 *Clovis, trag... par M. Népomucène L. Lemercier* (Sign. E.).

*27 *Correspondance. A MM. les rédacteurs du Conservateur littéraire* (Sign. Publicola Petissot).

7e livr. : 28 *Ode sur la mort de S. A. R. Charles-Ferdinand d'Artois, duc de Berry, fils de France* (Sign. V. M. Hugo).

*29 *Trois chants de l'Iliade traduits en vers français par M. Bignan...* (Sign. V.).

*30 *Correspondance. A MM. les rédacteurs du Conservateur littéraire. Deuxième lettre* (Sign. Publicola Petissot).

*31 *Charles de France, duc de Berri, ou Sa vie et sa mort, par M**** (Sign. V.).

*32 *Oraison funèbre de S. A. R. Mgr le duc de Berri... par un jeune séminariste* (Sign. M.).

8e livr. : 33 *Les derniers Bardes. Poème ossianique* (Sign. V. M. Hugo).

34 *Annales du musée et de l'école moderne des beaux-arts. Salon de 1819, par C. P. Landon* (Sign. M.).

*35 *L'école du cavalier... par le chef d'escadron Millet... L'art du tour... par Ch. Lebois...* (Sign. V.).

*36 *Charles de Navarre, trag... par M. Brifaut* (Sign. H.).

*37 *Dithyrambe sur l'assassinat de S. A. R. Mgr le duc de Berri, par M. Tézenas de Montbrison...* (Sign. à la table U.).

*38 *Ode ou Chant funèbre sur la mort de S. A. R. Mgr le Duc de Berri, par Lebrun de Charmettes* (Sign. à la table U.).

*39 *La France royaliste aux mânes de Mgr le Duc de Berri, par A. J. C. Saint-Prosper* (Sign. U.).

9e livr. : *40 *L'antre des Cyclopes* (Sign. V. d'Auverney).

*41 *Vie privée de Voltaire et de Mme du Chatelet... par l'auteur des Lettres péruviennes...* (Sign. V.).

*42 *Réflexions morales et politiques sur les avantages de la monarchie, par Mme C. de M***. Deuxième article* (Sign. B.).

*43 *Marie Stuart, tragédie par M. Lebrun* (Sign. E.).

10e livr. : *44 *César passe le Rubicon* (Sign. V. d'Auverney).

45 *Imitation d'Owen* (Sign. V. Sainte-Marie).

*46 *Méditations poétiques* (Sign. V.).

*47 *Charles de Navarre, trag... par M. Brifaut. 2e article* (Sign. H.).

*48 *Épître à un honnête homme qui veut devenir intrigant, par Mme la Princesse C. de S.* (Sign. à la table U.).

*49 *Berriana... par A. J. C. Saint-Prosper* (Sign. U.).

Tome II.

11e livr. : 50 *Le Rétablissement de la statue de Henri IV. Ode* (Sign. V. M. Hugo).

*51 *Œuvres posthumes de Jacques Delille* (Sign. V.).

52 *Bug Jargal. Extrait d'un ouvrage inédit intitulé : les Contes sous la tente* (La publication continue à la 12e, 13e, 14e et 15e livr. A la fin la signature M.).

*53 *Spectacles. — Le flatteur, com. en 5 actes et en vers, par M. Gosse. — L'homme poli, com. en 5 actes et en vers, de M. Merville* (Sign. H.).

12e livr. : 54 *A Lydie. Ode* (Sign. J. Sainte-Marie).

*55 *Ivanhoé ou le Retour du croisé, par Walter Scott* (Sign. V.).

*56 *Institut royal de France. Séance publique annuelle des 4 académies* (Sign. M.).

*57 *Conradin et Frédéric, trag. en 5 actes par M. Liadières* (Sign. H.).

13e livr. : *58 *Les plaisirs de Clichy...* (Sign. U.).
*59 *Lithographie morale et politique de MM. les membres de la chambre des députés...*(Sign.U.).

14e livr. : 60 *Moïse sur le Nil. Ode* (Sign. V. M. Hugo).
*61 *Mémoires, lettres et pièces authentiques, touchant la vie et la mort de S. A. R. Mgr Charles-Ferdinand d'Artois, fils de France, duc de Berri, par M. le Vicomte de Chateaubriand* (Sign. V.).
*62 *Démétrius, trag. en 5 actes, par M. Delrieu* (Sign. H.).
*63 *La Dame noire, com. en 3 actes et en prose* (Sign. M.).
*64 *Nuits françaises sur l'attentat du 13 février 1820, par A. d'Egvilly* (Sign. à la table U.).
*65 *Nos regrets, héroïde par M. le Chev. de Port de Guy* (Sign. U.).

15e livr. : 66 *Ce que j'aime. Vers faits à un dessert* (Sign. V. d'Auverney).
*67 *Lalla Roukh ou la princesse Mogole, par Thomas Moore* (Sign. V.).

16e livr. : 68 *Le jeune banni. Raymond à Emma. Élégie* (Sign. V. M. Hugo).
*69 *Spectacles. Le folliculaire, com. en 5 actes et en vers, par M. Delaville de Mirmont. — L'artiste ambitieux, com. en 5 actes et en vers, par M. Théaulon* (Sign. H.).
*70 *Hommage de l'aveugle de Nanterre aux mânes de S. A. R. Mgr le duc de Berri* (Sign. U.).
*71 *Sur quelques phrases du Défenseur* (Sign. : les Rédacteurs du *Cons. litt.*).

17e livr. : *72 *Revue poétique. MM. de Labouisse — Cipeirel — A. Richomme — L. A. de la Villestreux — Gasp. Descombes* (Sign. U.).
*73 *Mémoires pour servir à l'histoire de la maison de Condé...* (Sign. V.).

18e livr. : 74 *Le génie. Ode* (Sign. V. M. Hugo).
*75 *Exposition des morceaux de concours pour le grand prix de peinture. Portrait de Mgr le duc de Berri, par M. Gérard* (Sign. M.).
*76 *Spectacles. Aspasie et Périclès, opéra en 1 acte, paroles de M. Viennet... — Une promenade*

dans Paris ou De près et de loin, com. en 5 actes et en prose (Sign. H.).

*77 *Collège royal de France. Clôture du cours de poésie latine par M. Tissot* (Sign. V.).

19e livr. : 78 *Le vieillard du Galèse* (Sign. V. d'Auverney).

*79 *Les psaumes traduits en vers français, par M. de Sapinaud de Boishuguet... — Élégies vendéennes.... par le même* (Sign. V.).

*80 *Sur un article des Lettres normandes* (non signé).

20e livr. : 81 *Les deux âges* (Sign. V. M. Hugo).

*82 *Examen critique et complément des dictionnaires historiques les plus répandus.... par l'auteur du diction. des ouvrages anonymes et pseudonymes* (Sign. V.).

*83 *Manuel du recrutement ou Recueil des Ordonnances, Instructions approuvées par le Roi....* (Sign. M.).

*84 *Variétés : « La municipalité d'Herespian... »*

Tome III.

21e livr. : *85 *Discours sur les avantages de l'enseignement mutuel* (Sign. ***).

*86 *Histoire de Gil Blas de Santillane, par Lesage... avec un examen préliminaire, de nouveaux sommaires des chapitres et des notes historiques et littéraires, par M. le Comte F. de Neufchateau* (Sign. V.).

*87 *Institut royal de France. Académie française. Séance publique annuelle de la Saint-Louis* (Sign. M.).

22e livr. : *88 *Projet de la proposition d'accusation contre M. le duc Decazes... à soumettre à la Chambre de 1820, par M. Clausel de Coussergues... — Observations sur l'écrit publié par M. Clausel de Coussergues..., par M. le commandant d'Argout* (Sign. V.).

23e livr. : 89 *Ode sur la naissance de S. A. R. Henri-Charles-Ferdinand-Marie Dieudonné d'Artois, duc de Bordeaux, petit-fils de France* (Sign. V. M. Hugo).

*90 *Revue poétique. MM. Reymond, de Labouisse, G. Descombes, Gabriel, A. Richomme* (Sign. U.).

*91 *Séance publique de la Société académique du département de la Loire-Inférieure tenue le 23 août 1820* (Sign. M.).

24e livr. : *92 *Mémoire pour le vicomte Donnadieu... sur la plainte en calomnie par lui portée contre les sieurs Rey, Cazenave et Regnier... — Réponse au mémoire de M. Berryer pour M. le général Donnadieu, par M. le Comte de Saint-Aulaire* (Sign. V.).

*93 *Exposition des morceaux de peinture, de sculpture... couronnés à Paris et envoyés de Rome. Portrait de Mme la Duchesse de Berri par M. Kinson* (Sign. M.).

*94 *Correspondance. A MM. les Rédacteurs du Conservateur littéraire.* [Sur *Le crime du 16 octobre...*, poème de Lafont d'Aussonne.] (Sign. V. M. Hugo).

25e livr. : *95 *Clovis, tragédie en 5 actes, par M. Viennet* (Sign. H.).

26e livr. : *96 *Le 4 novembre 1820. Saint-Charles. Stances* (Sign. V. M. Hugo).

*97 *Annales du Musée. Salon de 1819, par C. P. Landon* (Sign. M.).

*98 *Louis XVII au berceau d'Henri V..., par le comte G. de Pons* (Sign. à la table U.).

*99 *Épître à Dieu, par M. le Cher. de Port de Guy* (Sign. U.).

*100 *A S. A. R. Mme la Duchesse de Berri..., par M. Berenger de Labaume* (Sign. U.).

27e livr. : *101 *L'observateur au XIXe siècle, par A. J. C. Saint-Prosper* (Sign. V.).

*102 *Jean de Bourgogne, trag. en 5 actes, par M. de Formont* (Sign. E.).

*103 *Eugène et Guillaume, com. en 4 actes et en prose* (Sign. H.).

*104 *Don Carlos, trag. en 5 actes, par feu M. Lefèvre* (Sign. M.).

28e livr. : *105 *Histoire générale de France, depuis le règne de Charles IX, jusqu'à la paix générale en 1815, par M. Dufau* (Sign. V.).

29e livr. : *106 *Poésies de Mme Desbordes Valmore* (Sign. V.).
*107 *La matinée du 29 septembre ou la naissance de Mgr le Duc de Bordeaux. Poème par M. de Talagrat* (Sign. U.).
30e livr. : *108 *L'émigré en 1794 ou une scène de la Terreur, drame en 5 actes et en prose* (Sign. V.).
*109 *Odes par Antoine Charles* (Sign. M.).
*110 *Mémoires de la Société d'émulation de Cambrai* (Sign. U.).
*111 *A MM. les Rédacteurs du Conservateur littéraire sur la biographie nouvelle des contemporains, par MM. Arnault, Jay, Jouy et Norvins* (Sign. Victor-Marie Hugo).

J. Abel Hugo, le frère aîné et le principal collaborateur de Victor, signe à l'ordinaire de ses initiales : A des articles de critique, et J des articles divers (mélanges, traductions, nouvelles). C'est à lui qu'appartiennent encore six articles signés A. H., un article signé J. A. (*Voyage à Auverney*, t. III), un article signé A. B. à la table du tome II, et trois pièces de vers qui portent son pseudonyme D. Monières[1]. M. Em. Paul se demande s'il ne faudrait pas le reconnaître aussi sous la lettre F. Il est bien difficile de l'affirmer. Nous avons pourtant au tome III, sous cette signature, des déclarations antilibérales qui traduisent assez bien ses sentiments personnels (25e livr.). Au moins est-il certain que cette initiale ne peut, comme le voudrait Paul Lacroix, être celle de Paul Foucher, alors âgé de 10 ans.

Quant aux autres rédacteurs, on peut lever le masque pour quelques-uns :

J. J. Reda et J. J. A. : Ader.
C. St M. : Charles Saint-Maurice.
S. : Biscarrat (d'après Quérard, dont le témoignage ne peut être contrôlé. L'abbé Dedieu, dans son

1. Sur cette signature, voy. Quérard, *Supercheries*, II, p. 1182.

étude sur Soumet, — *Rev. des Pyrénées*, 1912-1913, — lui attribue cette signature ; mais on la rencontre dans le 1er volume, et la collaboration de Soumet commence au 3e).

A. T-t : Adolphe Trébuchet.

L. T., T. et T. D. M. : Tézenas de Montbrison.

X. et A. S. : Soumet (*France littéraire*, IX, p. 239).

A. de V. : Alfred de Vigny.

G. de P. : Gaspard de Pons.

J. L. : Jules Lefèvre.

L. M-D-C. B. L. N. : Le maréchal de camp Lenoir.

L. D. A. : Lafont d'Aussonne.

L. Th. P. : L. Th. Pelicier et non, comme on l'a dit souvent, Th. Pavie (Voy. dans les *Annales romantiques* de 1823 la réimpression, sous son nom, de deux pièces, *le Uhlan* et *le Cimetière de Luben*, parues au t. II du *Conservateur*, la première avec ces initiales, la seconde sans signature. Un troisième morceau du même volume signé C. D., — *la Veuve du soldat*, traduit de l'allemand, — présente avec ceux-ci une grande analogie. Peut-être est-il du même auteur?...).

L. D. V...n : Louis-Désiré Véron, le futur docteur, créateur de la *Revue de Paris* et directeur de l'Opéra. Dans ses *Mémoires d'un bourgeois de Paris* (I, p. 236), lui-même déclare avoir collaboré au *Conservateur littéraire*.

Il est possible, mais douteux, que A. D. désigne Antoni Deschamps. Peut-être aussi A. M. : Armand Malitourne, un des collaborateurs d'Abel, que le Dr Véron cite au nombre des rédacteurs.

Enfin, on ne peut risquer même une hypothèse pour D. B., — D. R., — F. de B., et il est à souhaiter que ce mystère soit éclairci, surtout pour la première de ces signatures qui n'apparaît qu'une fois, dans la première livraison, mais à la fin d'un article essentiel sur Lamennais.

Cette édition est établie sur le même plan que l'édition précédemment publiée de la *Muse française*. Elle reproduit fidèlement l'original dont les chiffres entre crochets, placés dans la marge de droite, indiquent la pagination. Toutefois, étant donné l'abondance des matières, chacun des trois volumes a été divisé en deux tomes. Les notes qui appartiennent au *Conservateur littéraire* sont marquées des initiales C. L. Les livraisons sont datées d'après leur inscription au *Journal de la Librairie*.

Je tiens, en terminant, à remercier M. G. Simon, qui m'a donné de bonne grâce les autorisations nécessaires, et M. L. Barthou, possesseur du précieux exemplaire de *Littérature et Philosophie mêlées* dédié à Juliette Drouet. On sait l'érudition de M. Barthou et ce que lui doivent les amis du romantisme; il n'est pas de ces collectionneurs qui, jalousement, enterrent leurs trésors.

Toulouse. — Imp. et Lib. Édouard Privat. — 1926

www.ingramcontent.com/pod-product-compliance
Ingram Content Group UK Ltd.
Pitfield, Milton Keynes, MK11 3LW, UK
UKHW021315190726
13839UKWH00007B/1849